Poésies béarnaises

par J. L. Lacontre

1ʳᵉ Partie.

Fables

Traduction en vers français en regard du texte.

2ᵉ Partie.

La Lyre de la Montagne

Accompt. de Piano

par

Auber, Félicien David & Gounod, Membres de l'Institut

1880.

Ⓨ

Prix : 3 fr.

POÉSIES BÉARNAISES

FABLES

PAR
J. L. LACONTRE.

Puixs, au ras de la caus hèn ue re̐ue :
Goè-la , hoù marlou de la pregue,
Passe aqueste autaplaa..............
Fable.. Sage 11.

PAU . ___ 1880.

RÈGLES

sur l'Orthographe et la prononciation de la Langue Béarnaise.

Il n'est pas besoin aujourd'hui de préambule pour recommander l'étude des patois et les tirer de l'oubli où ils étaient demeurés. Les patois ou leurs ancêtres, les dialectes, sont les racines par lesquelles les grandes langues littéraires tiennent au sol : — LITTRÉ (*Journal des savants*). — Montesquieu a dit parlant de notre langue, essais 14, 47: Le périgourdin est une langue (comme sont autour de mey, d'une bande et d'autre, le poitevin, xaintongeois, limousin, auvergnat) brode traisnant, esfoiré : il y a bien au dessus de nous, vers les montagnes un gascon que je trouve singulièrement beau, sec, bref, signifiant, et, à la vérité un langage masle et militaire plus qu'aulte que j'entende, autant nerveux, puissant et pertinent comme le français est gracieux, délicat et abondant. Le béarnais aime sa langue et la parle volontiers dans quelque pays qu'il habite. S'il est érudit, il agite sans doute la conversation en français, mais, s'il lui vient un bon mot, une saillie, c'est toujours en béarnais qu'il s'exprime, trouvant sans doute cette langue plus apte à en faire ressortir le piquant. Notre idiome est expressif, abondant et sonore : —

Diserey you la nèu dens mountz es d'arroulant,	Dirai-je donc la neige et son accroissement,
Perque coube sous piis la seube coumplasente	Aussi bien la forêt s'inclinant complaisante.
A la lith qui-n hounex crexente et brounissente?	Alors que l'avalanche approche mugissante?
Nou, you soy trop petit ta rega dap ta gran.	Non, je suis trop petit pour parler de si grand.

Par ses diminutifs gracieux et caressants, le béarnais rend en images les plus petits objets : —

Lou bribey de l'ayguete — qui riuleye clarete	De l'eau le doux murmure, — Roulant son onde pure
Lou loung de la ribete — N'ha tant dens bribeya,	Sur un lit de verdure — N'a si doux murmurer,
Coum sa boutz amourouse, — Enyaulante, amistouse,	Que sa voix amoureuse, perlée, harmonieuse,
Disent harmouniouse — Lou dous plasé d'ayma	Disant voluptueuse le doux plaisir d'aimer.

Cette langue sait rendre en harmonie imitative le chant des oiseaux : —

La laudette suspire... Et de sa lyre tire	L'alouette soupire — Et, de sa lyre tiré
Sa bère tiralire oundrade de piuliis	Sa belle tirelire — ornée de trintrins
Coum perles riuleyant au miey de sous refriis,	Ruisselants tous perlés dans ses jolis refrains,
Et dap tau melodie ba dise au pay deu die :	Et cette mélodie — Dit au père de l'harmonie,
Adiu, adiu, adiu, adiu,	Adieu, adieu, adieu, adieu,
Diu.	Dieu.

Et ce passage, en parlant du rossignol:

Sas roulades tantost et riches et plasentes	Ses roulades parfois riches et cadencées
Rudenteyen tantost semblant trop s'abourri;	Semblent se rudoyer et se presser sans frain;
Mes las notes hounint ban s'aplega perlentes	Mais les notes pleuvant vont se grouper perlées,
En u floc d'esquirous dap u brut argentii.	En déployant l'éclat de leur bruit argenté.

Elle est pleine de souplesse et se prête volontiers à la verbification d'une grande partie de noms. Elle peut aussi sans efforts traduire même les morceaux les plus doux de Virgile, tant l'empreinte latine y est profonde et mieux marquée que dans les autres idiomes. Je ramène ici le petite anecdote qui motiva le fameux *sic vos non vobis* de Virgile. Pendant les fêtes que le triumvir Octave donnait au peuple et que l'intempérie du ciel contrariait fréquemment, ces deux vers parurent attachés à la porte de son palais.

Nocte pluit tota spectacula redeunt mane.	Tempeste despux nocyt, heste despux matii.
Divisum imperium cum Jove Cæsar habet.	L'empire s'ha partit dambe Cesar Yobii.

Le triumvir voulut connaître l'auteur de cette ingénieuse flatterie, mais Bathylle profitant du silence de Virgile s'en déclara l'auteur, et en reçut la récompense; pour confondre le plagiaire, virgile fit placer au même endroit ce vers accusateur:

Hos ego versiculos feci, tulit alter honores,	Aquetz bersis eus ey heytz bee you,
	Et gn-aut qu'en ha toute l'hannoü.

Puis il ajouta le commencement du vers suivant répété 4 fois: *sic vos non vobis*. — Bathylle invité d'en achever le sens ne put y parvenir et Virgile alors se fit connaître en les terminant de cette manière. —

Sic vos non vobis mellificatis apes;	Atau bous nou ta bous amelleatz abelhes;
Sic vos non vobis nidificatis aves;	Atau bous nou ta bous anideyatz auselz;
Sic vos non vobis vellera fertis oves;	Atau bous nou ta bous alaneatz aoüethes;
Sic vos non vobis fer.is aratra boves.	Atau bous nou ta bous boeus aratz lous urrecx.

Les accents graves, aigus ou circonflexes n'existaient pas primitivement dans la langue béarnaise et aujourd'hui on peut, en partie s'en passer. Le tréma est conservé dans un très petit nombre de cas — Dans l'alphabet béarnais nous n'avons ni le J, ni le K, ni le V. — Il faut doubler à la fin des mots la voyelle qui dans les primitifs était suivie de la consonne N. — Au commencement et à la fin des mots il ne faut marquer d'un accent que les e ouverts ; ainsi tout e accentué au commencement et dans le corps des mots sera fermé. — E final des monosyllabes est le plus souvent fermé. de, me, que — on écrit avec deux e qui se prononcent comme un e fermé, bee fee, hee, mees, pees, pie, se, seer, dans pèe les deux e sonnent comme un e ouvert. — I final a le son peu sensible dans les dérivés du latin. Bermi — Bici — Bimi — Glori — Graci — Hosti — Hami — Homi — Oli — Ourdi — Propi — Quiti — Termi — Benefici — Cantobi — Ebanyeli — Espaci — Noutari — Planti — Sacrifici — Salutari. — Au, eu, iu forment les diphthongues a-ou, e-ou, i-ou. — Ne est la seule voyelle composée qui existe en béarnais, elle a la même son qu'en français: ex. pastou, mousque etc. — Il ne faut pas écrire ou, mais seulement o devant a u : bucau, coexe, goalhard, hoey, oeu, oeyt, quoand, trocyte. — Primitivement le B. et le V s'employaient l'un pour l'autre ce qui a fait dire à Scaliger, en parlant des gascons qui changeaient également le B en V — *felices populi quibus bibere est vivere*. — n h s'articulent de même que les consonnes g n — Ex. binhe, berenhe. Espanhe, r ne se fait pas entendre dans cors, entier, mar, paar, seer, cette lettre ne raisonne pas davantage dans les noms propres de localités. Lagor, Lescar, Montaner; le s'entend dans les autres mots, corn, hourn, mur, ours, pur, sacord. — s sonne fort à la fin des mots, lorsqu'il est précédé d'une voyelle, apagat, dret, audit, dit, eseut, prouileyt, et conjonction, fait exception. — t final s'efface complètement lorsqu'il est précédé des consonnes n. r. froun, part, port, pont, tint, mais il se fait sentir dans hart, hori et impost, St-Most, tantost. Il se fait entendre dans Inuti. armée. — X — IXe. — IX s. à la fin ou dans le corps d'un grand nombre de mots se prononcent comme ch dans fiche, flèche, Loubix, medix, baxa, baxère, exaau, counexence, bouix, coexe, crexe, heix, maxère, mounaix, peix, pleix, Daleix, Baudreix, Mirepeix, Soeix. tous savent dire Baleich, Baudrech, Mirepech, Soech. — Z caractéristique du pluriel dans les verbes à la deuxième personne, ne se fait pas entendre. C'est le t qui domine. — Les articles lou, lo, devant une voyelle ou h muette, s'écrivent ainsi, l'estin. l'homi. l'homi. — L'article suivi d'un infinitif ou d'un participe forme un véritable nom : L'ana, lou tourna. Henri IV avait une préférence marquée pour ces sortes d'infinitifs. Il écrit à Balière, le différer accroit la défiance. A Madame de Gramond, Dieu bénisse mon retour comme il a fait mon venir. — Les noms béarnais sont du même genre que leurs correspondants français, excepté — lou-ap, lou durde, la lèbe, la lèyt, lou pot (lèvre) la tache, (clou) le sang, la seu, las ungles. — pour former le pluriel, il n'y a qu'à ajouter une s au singulier; mais les noms qui finissent par c forment le pluriel par l'addition de x s. — Ex. lous locxs, lous amicxs. La particule de placée devant les noms propres, n'indique pas la noblesse, mais elle indique le nom de la maison d'où tel ou tel est issu. Noms juxtaposés. — Le béarnais possède plusieurs de ces noms qui sont très expressifs, et d'une grande originalité. On ne peut les traduire que la plupart que par des circonlocutions: argocyte-cami, asonbacat aydemouret, auset-bleu, bau-chic, bente-boeyt, bouhe-brac, brama-pan, bire-mousques, bel-ardit, bit-haugue, barbe-negre, bernat-pudent, bire-barbui, barbe cuye, boeyte-cuyou, coo-herit, cami-nud, mele-carous, crebe-coo, eluque-mèu, coo-nid, desbroumbe-larè, escaminyat, escane-clouque, (houx) guirot-pesque (héron) hetem-enla, goste-paraules, harri-martii, lengue-passade, may-de-poupe, malhugue, minye-quouennes, mus-prin, mus-sec, mal-andré, mau-pou, mande-hostes, mus-abelecat, truque-tontost, truque-malhugue, maria chourre (troclodyte) maria-hole (insecte) l'ause-t-y-tout-dous, ploure-miques, poupe-bii, rape-tout, pee-hik, pee-rous, pot-echuc, pèe-hrema, picho-courdetes, porte-t-en-y, poude-pèe, poude-brout (bourreui) pique pout, pilhe-l'ardit, came-espartit, came-coupet, pic-cournalhè (pivert) pique-milh, pigue-marthe (piegrièche) pique-pore, pinsa-martoü (gros bèc) arre-l'ardit, saute-labrouste, sarre-brouquet, sarre-bougre, siulot-chrestayre, regue-youlh, truque-taulè, tripe-hart, tinhe-hus (chauve souris.)

ARRÉPOÈS ET DISES DEU BÉARN.

1 Y has eut ahas? - c'est le vrai moyen pour bien connaître.
2 Nou-y-ha que eth et lous ausetz ta bebe sus la hoelhe.
Pour désigner uu fat.
3 Estaque l'asou oun lou meste lou boo.
4 Si bos, bèn, si nou bos, embie — Faire soi-même ses affaires.
5 Aste et Beou qu'es mariden a lou — Pour dire que ces deux villages ne font pas alliance avec les voisins.
6 So qui n'has a l'asse qu'at trouberas au sendè.
7 Ta qui ana bo — Ni que nou nèbe, ni que nou ploo.
8 En aygues douces nou-b hidetz — Las bribentes ye las bedetz.
9 Que s'en trufe coum u asou de cops de berret. — Ceci se dit d'un homme indolent.
10 Tout n'ey pas d'amoytia, s'y cau trouba a l'hore,
11 Quoand l'auratyè bié de cap aban,
Pren lou coutèt et coupe pan.
12 Per counpanhie las auques es banhen.
13 Boeu bielh, si nou tire qu'enten.
14 Lou bente que l'ha halit lou coo — Il répond au proverbe français: Ventre affamé n'a point d'oreilles.
15 Bouque clare dentade — Tradex sa pensade.
16 Bouque d'aur, maas d'arien.
17 Bente d'Azu, came de cauteres, cap de Barètye.
18 Tout blat s'en tourne harie.
19 Lou ben de la bouque nou coste arré.
20 Ben, en parlant d'Acous — Si bié d'Aulet, n'hayes meth.
Si bié d'Isaus — met-e pèe descaus.
21 A Boudreix las maysous que bon belleu empourta lou Gabe a Pau — Cela fut dit à l'occasion d'une crue de cette rivière; en effet plusieurs maisons furent emportées par le courant.
22 De lède mate, beroy bensilh.
23 A Bayoune, tout s'y doune, — Quoand y arribatz, tout ey dat.
24 Barrique bocyte hè toustemps hère de brut.
25 Yessin lous brocxs permè que las eslous.
26 Quoand d'amou lou bielh es capoire,
Qu'ey demoure empeguit, arrè mey nou ne tire.
27 Qu'en ha de remplegat debat lou sou berret.
28 Desarientat coum lou calici de Bisanos.
29 Bente sadout porte cames.
30 A sent Miqueu, la becade cad deu Cèu.
31 En estranyes parsaas las bacques que tumen lous boeus.
32 Si sens presta pot bibe,
Lou broux nou boo presta sa bergue ni soun libe.
33 Despuix St Barnabé — Lou coucut bat esparbè.
Despuix St Luc — L'esparbè tourne a bade coucut.
Se dit de l'homme qui change d'idées facilement.
34 Si liures u cop las causes a la moulhè.
Yamey plus n'y tournes lou pèe.
35 Cabaretière qui hiale, p... qui s'arraye, noutari qui nou sab lou quoantième deu mees f. ... que soun toutz tres.
36 Caa, gat et ours — Porten 8 semanes et 8 yours.
37 Quine crabe l'ha sautat au casau ! se dit d'un quelqu'un qui vient d'hériter.
38 Deu peu rouye et deu cagot, saube-t, si podz.
39 En tout chin lou soenhan — Lou cassou que bad gran.
40 Lou crimailh ey meste de la maysou.
41 Lou boun Diu que balhe castanhes a qui nou las es pot pela.
42 Lous caas hèn caas, et lous gatz hèn gatz.
43 A chrestia qui ploure, yudiu qui s'en arrid,
44 A la crabe et au moutou — Nou ba medix sou.
45 Pressat coum lou coucut de may.
46 Qu'es semblen coum lou coucut a l'agasse.
47 U chapeu broudat — Nou crop tous-temps bou cap.
48 A petit cabau — Lou boun Diu que boo mau.
49 Cau counexe abans d'ayma.
50 Entre caa et loup. — Pour désigner l'entrée de la nuit
51 Caa et gat — Preguen diu peu mau abisat.
52 Qui nou se t counesque, que se-t croumpe.
53 Qui n'haye hort dret, qu'haye horte resou.
54 Coum lou diable a la came de sa may.
55 Cent espàrbès n'y preneren ue laudete.
56 A cade esquire soun batan.
57 L'estros irat ha la resou tant poque
Qu'eth truque toque oun toque.

58 Bèn, que t'ey sentit la leth — Se dit d'une personne dont on a pressenti les intentions malveillantes.
59 L'enemic chin que sie et pot mey de mau ha
Que de bee maye amic yamey nou s'a hara.
60 A l'eslou ba toustemps l'abelhe.
61 Nou cau aprene a hilh de guite a nada.
62 Ta grata, te minya — Nou cau que coumensa.
63 Coum u gat chalibe.
64 A hore passade, s'entends a canta lou hasaa,
Lè hara douma.
65 Quoand l'hauroungle haut boo boula,
Bèt temps que y-ha.
66 On nou pot habe la hemne briague et lou bii en boutet.
67 Quoand la lue courneye en miassa cèu et terre,
Baxe lou mayram, pastou, de l'Estibère.
68 Lou mout (lhèu) en uat dise n'esta lè.
69 Lou Diable qu'habou ue hore.
70 Praube coum la lendi.
71 Au larè qui-u bi bade, Andrè lou catdetas,
Autz nou hi que pucheu, hasti, embarras.
72 Milhoc. — Pam de camete, pam de cimete,
Cabelha ya s'en f...
73 Petit mau, gran ligas. — Mau au digt. — coo-herit.
74 Mouri a punxatz d'esplingue.
75 Margot l'agasse — Quoan plau que casse,
Quoan hè bèt — Qu'es cure lou bec.
76 Maridatye de yoen a yoene, qu'ey de Diu,
77 De yoen a bielhe, darré, de bielh a yoene, d'audiable.
78 Nou-y-a poude coum lou qui pintre las mounyetes.
79 Riche marchand ou praubè pouralhè.
80 Mique qui-n ta tu nou-stoste, Que-t hè a tu qu'es brule?
81 En may s'ey biste a tremoula la bielhe au sarcadè et lou chibau a l'estable.
82 Mountahne clare, Bourdeu escu — Plouye de segu.
83 Quoand l'arc de St-Marti ey daban — Bèn, boè, au camp.
Quand ey darrè — Tourne-t-en, boè.
84 Qui dap maynatz es coube, orb qu'es lhèbe.
85 Nadau au sou — Pasques au tisou.
86 A petites oûlhes, petits siuletz.
87 Here d'Oulourou en seteme — Bet ere here, bed eth hiber, bed ere neu darrè de Bèr.
88 Obre heyte qu'esta plaa.
89 De toutz plags coum la pigue.
90 Per u de pergut cent qu'en arribe.
91 Quoand Pasques marseye — cimitèri gauteye.
92 N'ey hè bou a case, quoand pay bouseye may.
93 De tout peu boune besti.
94 Qui nou hè pouri, que hè roussi.
95 Mantu-cop lou qui piule — Biu mey que lou siule
96 Paraules pègues a punhatz.
97 Quoand au permè de may plau,
Lou porc que perd lou boeu que bau.
98 Deu parent qui nou-m bau - Autaleu mourt que malau.
99 Deu peix et de la yen aus plaps ens cau espia.
100 Mau nou pense aquet qui nou n sap ha.
101 Tout pedoulh reberdit—N'ey prou gran ta rega petit.
102 Pasques et Marterou — Que hèn lou sou.
103 En parla, u long camii s'abraque.
104 Maysoe de tout auset, de tout auset da cant.
105 Qu'at hè bou dise ad de qui-n ey passat,
106 U petit pees a loung camii que carque.
107 Lou boun Diu que balhe lou red suibant la pelhe.
108 Besite de senhou, Dap ue l'an qu'en y-ha prou.
109 Yens de senhou nou-y-ha quius s'amigalhe.
110 D'estat sourcier et d'amistat — Nou ditz la bertat.
111 Lou tambourii pagat d'abance que hè toustemps u f... sou.
112 Mens soubent u couqui pe manque de paraule
Qu'u pèc de boune fée qui de plases s'enyaule.
113 Aquet halex et l'obre et lou hend suibant la soenh,
Qui pense prou cauha, tout en cauha de loenh,
114 En cambia de cansou — Que cau sabe cambia lou tou.
115 Unde couyè, qu'et punhera.
Punhe couyè, que t'undera.
116 Lapè cau mete au medix loc,
Ta nou cerca-u coum u busoc.

FABLES.

LE GIVRE ET LA FLEUR.

Et lou yibre quoau-cop a coustat de la flou,
Coum gn-aute flou tabé, sus l'arbe pingourleye,
Mes Diu goardé la flou qui las autz debanteye,
D'ounques pingourleya dap u tau coupanhou.

Per u matii de mars, la rousade miudente
Sus lou poumé flourit penè sous esquirous,
Ei la bise en segui, de sa leth haredente,
Eus heribe, sens roeyt, en autant de glassous.—
B'ès bère, si disè lou yibre a la flourete,
　　　　Atau ayergadete
Et dap you perleyant sus lou medix broustou. —
　B'em soubié mey, si respoun la praubete,
Lou sourelh a l'esquit dap sa bruslante auyou.
　　　Aqueste habè resou !...
　　　　Au sou lhebat, lou yibre
　　　　En ploura se houni ;
　　　　Mes la flou, d'este libre,
　　　　Auta plaa s'esblasi.

　　　En este praube terre,
　　　L'accoustant chic ou hère,
　　　Lou machant ey au bou,
　　　Coum lou yibre a la flou.

Et le givre parfois à côté de la fleur,
Comme la fleur aussi sur la tige scintille :
Mais je plains du printemps la trop hâtive fille,
S'il lui faut scintiller avec ce visiteur.

Aux premiers jours de Mars, la bruine matineuse
Sur le pommier fleuri suspendait ses fleurons,
Cependant que sa sœur la bise officieuse,
　　　Les congelait silencieuse
　　　　En autant de glaçons.
　　Et le givre disait : — ô fille de Pomone,
　　　　L'éclat qui t'environne
　　　　C'est moi qui te le donne,
Scintillant près de toi sur le même bourgeon. —
Il me souvient bien plus, répondit la fleurette,
　　　Du soleil et de son rayon.
　　　　Et la pauvrette
　　　　Avait raison.
　　Au lever du soleil, la giboulée
　　　En pleurant se fondit ;
　　Mais la fleur délivrée
　　Aussi bien se flétrit.

　　　　Sur cette terre
　　　　De misère,
Au contact du méchant disparaît la pudeur,
Comme au contact du froid se flétrit une fleur.

LA PERDRIX ET LE CHAT.

Corine la perdix et Ratapoun lou gat
Habèn medix larè coum tabé medix meste.
Entre gat et perdix ey rare l'amistat ;
Mes aci qu'habou loc, tout drole que pousque este.
Amasse, noustes yentz lou recapti prenèn,
Yamey nat cop de bèc, yamey nat cop de pate ;
Amenhs qu'ens diberti : labetz dap grat bedèn
Coumensa la perdix et lou hilh de la gate
　　　　Doucementz es tourna,
　　　　Sens brigue espelhoundra
　　　　La raube pingourlade
　　　De sa coumpanhe aymade.
Si quoauque cop Corine en grinhes se metè,
L'hauneste Ratapoun yamey nou s'a-hasè,
　　　　Mes labetz gate-mite,
　　　　Dinques a patza la petite ;
　　　Et lou yoc d'en ana dap mey d'aunou.
U die bi la fii d'aquere bère uniou !
Seguide per lou gat, ue yoene murguete
S'ané recouti dret au raz de la perdix ;
L'ausère s'aclucoant, hè raube dap l'alete,
　　　Aprigue biste la praubete,
　　　Et ditz au gat : — NIX.
　　B'escadou mau nouste Corine
　　De barres mete a l'arrata !
　(Dap soun mestiè gat nou badine,)
Et quoand aqueste bi la murgue s'escapa,
Sus la perdix qui s'en ère hidade,
　　　　Arrauyous s'arrounsé ;
Ni lous plous, ni l'appel a l'amistat yurade,
　　　Lou butor arré n'escoutè,
　　　Et, cop sec escané
La qui per caritat hi saube ue creade !

　　Aci double bertat ey dade :
　　Yentou dap yentou deu rega,
　　Puixs, cau counexe abans d'ayma.

La perdrix Corinette et le chat Ratapon
Avaient même foyer comme aussi même maître.
L'amitié même entre eux était à l'unisson,
Tout singulier que cela dût paraître.
　　Au même plat notre couple mangeait,
Jamais un coup de bec, jamais un coup de patte,
A moins qu'en s'amusant ; mais alors on voyait
La perdrix commencer, et le fils de la chatte
　　　　Doucement riposter,
　　　　Sans jamais chiffonner
　　　　La robe diaprée
　　　De sa compagne aimée.
Si Corine parfois au jeu se dépitait,
L'honnête Ratapon jamais ne l'imitait ;
　　　　Mais bien de faire chatte-mitte,
　　　　Jusques à calmer la petite ;
　　　　Et le jeu de recommencer
　　　　Avec plus de laisser aller.
　　　Cette union d'amitié cimentée
　　　Fut cependant de bien courte durée !
Par le chat poursuivie, une jeune souris
Alla se réfugier auprès de la perdrix ;
La perdrix s'affaissant fit robe de l'ailette,
　　　　Couvrit bien vite la pauvrette
　　　　et dit au chat :— NIX.
　　Mal advint à notre Corine
　　D'ainsi s'interposer !
Dans son métier est-il chat qui badine ?
Et quand celui-ci vit la souris s'échapper,
Sur la perdrix qui s'était trop fiée,
　　　　Furieux se rua;
Ni les pleurs, ni l'appel à l'amitié jurée,
　　　Cet abruti rien n'écouta,
　　　Et soudain étrangla
　　　Celle dont la pitié sauva
　　　La vie d'une créature !

　Deux vérités d'après cette mésaventure :
　　Il faut ses pareils fréquenter,
　　Et puis connaître avant d'aimer.

LE FOU ET LE SAGE.

Cap la maysou du hoo u saye s'abiabe,
Aus hoos sayes quou cop tant d'haunou nou hasèn,
Pari qu'eth saye aquet autaplaa se troumpabe,
Ou lhèu aqueste hoo n'ère hoo coum disèn.

Vers la maison d'un fou se dirigeait un sage,
Autrefois tant d'honneur sage à fou ne faisait,
Ce sage, alors se trompait, je le gage,
Ou ce fou n'était pas fou comme on le disait.

Or, quoand aqueste bi lou pausayre en sentence: —
Hèp, hèp, hèp, si s'a-hi,
Qu'et troumpes de camii;
A nouste ta sapience,
Dap bèt-nou-arré
S'espunteré.
Tè, dap tres punts de la mendre impourtense:
Sabs t'abeura Mouret quin cau chibeteya?
L'ayre qui cau siula
Ta ha balha la lèyt a la bacque Leytère?
A quin san es cau da
T'escounyura l'humou de nouste menatyère?
Aco tu, ha nou sabs, cifèt aumenhs you, goère.
Tu,¡be bienès m'aprene? et you, t'aprene asso:
Eth hoo sab mey a lou, qu'eth saye enso d'eth hoo.

Dès que celui-ci vit le diseur de sentence: —
Hep, hep, lui cria-t-il, là n'est pas ton chemin;
Chez nous ta sapience
S'émousserait devant un brin
De rien;
Devant trois points de la moindre importance...
Sais-tu comme il faut chucheter
Pour abreuver Mouret? L'air que je dois siffler
Pour que donne son lait notre vache Leytère?
A quel saint il faut se donner
Pour conjurer l'humeur de notre ménagère?
Tu l'ignores, mais moi je sais cela bien faire.
Toi qui venais m'apprendre, apprends ceci de moi:
Le fou chez soi,
En connaît davantage,
Que chez le fou, le sage.

LA ROSE ET LE PAPILLON.

Perpitz hèn lous turmentz; Eh! que sere la bite,
Si n'èren lous perpitz? Hère machant present.
Tout dinqu'au causilhou, tout aci baig perpite;
Mes dus coos, l'u per l'aut, n'han lou medix talent;
Mey d'amistat ha l'u, mey l'aut d'indiference.
Chic aymè Coridon la trop tendre Philis;
Mes Coridon ardé ta la fière Laurence,
Qui d'amou se delibe emballes t'Alexis.
Èt tu, de tous perpitz, ditz, qu'en has heyt, Marie?
Las roeynes d'u castet eus t'han heyts refredi,
Ou, lous pastoureyant peus tucxs de Canarie,
Lou darroulh de sous rocxs eus t'han pouduts heri?
Diu! you dic lous perpitz doun has la desbrembade,
et rebrembe lous mes deus moun ame enpenade.
Cara-s... Mes este bers que you t'ey gadiat,
De la rose et ba dise u perpit desoulat.
Lous perpitz de la rose a pène estè flouride,
Estèn tau parpalho;
Et quond lou bi sus ere encara sa hounide,
Eu digou tout asso:
Adichatz, hilh de l'ayre, abiat ta l'amigue,
Et qui-m bienetz per este die pur
Tout abeurat et d'arrays et d'azur,
Adichatz, boûs lou soul dap qui moun ame es ligue.
Bère bole dèu Cèu,
Ma yoye, ma tendresse,
Sus moun see hètz proumesse
D'ayma-m toustemps, balèu.
Parpalho parpalheye,
A l'embeye amoureye;
Mes Diu! de tant d'amou...
Au punt de la seriade,
Ue lux encantade
Au tuquet parexou,
Et la lole qui bole,
Lèu en ha-u gausiole,
A sou anyou houni,
Et sous alous ari!!!
Mes la lole au soû claberade,
Toustemps mey brembant sas amous,
L'aube dèu seer la trobe en plous toute banhade,
Et l'aube dèu matii, banhade tout en plous.

Désirs font les tourments; mais que serait la vie,
Si n'étaient les désirs? Un fort mauvais présent.
Or, la création est de désirs remplie;
Mais deux cœurs l'un pour l'autre ont-ils même pen-
Ici l'amitié vive, et là l'indifférence. [chant?]
Coridon aima peu la trop tendre Philis;
Mais il brûla d'amour pour l'altière Laurence
Qui, las! se consumait envain pour Alexis.
Et toi, de tes désirs qu'en as-tu fait, Marie?
Les ruines d'un château les ont-ils refroidis?
Ou bien, les hébergeant au haut de Canarie,
L'écroulement des rocs les auraient-ils transis?
Las! Je dis des désirs absents de ta pensée,
Et réveille les miens dans mon ame isolée...
C'est assez... Mais ce vers que je t'ai dédié
Te dira de la rose un désir désolé.
Le désir de la rose
A peine éclose
Fut pour le papillon;
Quand il vint, elle, avec effusion: —
Salut, ô fils de l'air, vous qui vers votre amie
Venez, par ce jour pur,
Tout abreuvé de rayons d'azur.
Salut, avec vous seul, mon âme reste unie,
O belle fleur du Ciel,
Du bonheur l'auréole,
Jurez sur ma corolle,
De me rester fidel.
A ces mots sur son sein le papillon repose,
Il mêle ses soupirs aux soupirs de la rose:
Mais las! ce grand amour...
Lorsque l'astre du jour
Termina sa carrière,
L'éclat d'une lumière
Jaillit non loin de là,
Et la fleur qui voltige
Saisie de vertige,
Autour d'elle vola,
Et son aile y brûla!!!
Mais la fleur au sol enchaînée,
Depuis ce jour, prolongeant ses douleurs,
L'aube du soir la trouve en pleurs toute baignée,
Et l'aube du matin, baignée tout en pleurs.

L'HIRONDELLE ET SES OISILLONS.

Ue hauroungle yurè de nou yamey ayma.
Yamey qu'ey u gran mout, quoand s'ayes d'amouretes.
On non pot dap l'amou goayre autau s'arrenya;
Probe, l'hauroungle aymè, mes dilhèu drin tardetes.
Quoand lou sourelh baxant eslautè soun auyou,
Quoand ed bi deus ausetz la familhe prudente,
De soun ale balente,
Tiene aquet proutectou
A hautou;
(You dic, au temps de l'emigratiou,)
Nouste hauroungle estè claberade
Auprès de sous amous
D'auserilhous,
A pene lous praubins! desbezatz d'adescade,
Poudeben s'en cerca;
Mes quoand lou red biengou, que poudoun-eths trouba?..
A la ribe, lou yibre
Remplace lou mousquit et la bise l'ayret;
Tabé la praube yen d'adesc et d'auyou libre,
Mouri de hami et mey de red!!!

Une hironde jura de ne jamais aimer,
En amour c'est bien se promettre:
On ne peut avec lui guère ainsi composer,
Preuve, l'hironde aima, mais un peu tard peut-être.
Quand le soleil baissant obliqua ses rayons,
Quand on vit des oiseaux la famille prudente,
De son aile vaillante,
Suivre ce protecteur dans d'autres régions,
(Je dis au temps des émigrations)
Notre hirondelle fut clouée
Près de ses amours d'oisillons,
A peine les pauvrets! sevrés de la becquée
Pouvaient voler
Pour se la procurer;
Mais pendant les frimats de quoi donc vivre?
Au rivage le givre
Succède au moucheron et la bise au zéphir,
Aussi la pauvre gent ne pouvant plus patir,
Et de froid et de faim n'eut qu'à mourir!

N'ère ta parla d'amouretes
Qu'aqueste counte hàsi you;
Mes ta dise a las pastouretes
Que cade temps ha sa sesou

De parler d'amourettes
N'était pas mon intention :
Mais bien de dire aux bergerettes
Que chaque temps a sa saison.

A MON AMI PROSPER.

O tu qui hous l'amicq de mas yoenes anades
Et de moun coo tabé lou segret counfident,
Encoè que loenh bida, pods crede, mas pensades
A s'esbarri de tu n'han tirat u moument.

O toi, qui fus l'ami de mes jeunes années
Ainsi que de mon cœur le secret confident,
Encore qu'éloigné, crois-le bien, mes pensées
Près de toi, cher Prosper, résident constamment.

Me brembarey toustemps deus pratz de Hountalade,
De sas coumes et boscxs oun soulèm pastoura,
Oun toun ame a la mee aysementz acoulade,
De l'amistat disè lou charmi et lou plaa-sta.

Du sol de Hountalade aux riantes prairies,
Le souvenir heureux fait palpiter mon cœur ;
C'est que, dans ces parcours, nos deux âmes unies
Disaient de l'amitié le charme et le bonheur.

Et tu-t brembe qu'aquiu, au miey de tau plasence,
U die em demandès si s'em seré toutu,
De passa soul moun temps dap richesse et fidence,
O u sens l'ue ni l'aut esta toustemps dap tu.

Et toi, te souvient-il, qu'au sein de ces ivresses,
Un jour tu me disais, interrogeant ma foi:
Voudrais-tu loin d'ici les honneurs, les richesses,
Ou privé de ces biens, habiter avec moi ?

Oh ! de nouste amistat qui demoure heride,
Quoand pense qu'a tout autz on la pot payera :
Toutu quoand-nse quitèm a la lole flouride,
La soulete amistat sabou me redima

L'amitié fut froissée à la triste pensée
Que les biens d'ici-bas pourraient la balancer ;
Mais je n'étais plus là, quand vint Flore embaumée ;
Et seule, l'amitié sut me dédommager.

Aquet par de barams qui hèn lour grands sus terre,
A nous, praubes amicxs, nat nou-nse pot habé ;
Hem toutu boune care et passem nouste tère,
En espiga, que sègue aquet qu'haye poudé.

Eh! que nous font à nous ces hochets de la vie,
A nous, pauvres amis, jamais nul n'écherra ;
Contentons-nous de peu, notre philosophie
Se complait à glaner, moissonne qui pourra.

Lhèu tapauc a la fii nou sera que houherles
Tout aquet besiadis cayoulat de fabous ;
Atau coum au binagre es deleyen las perles,
Au ben embrèc atau s'enbolen las haunous.

Ah! c'est qu'ils tomberont aussi bien dans le vide
Tous ces heureux gorgés de trésors et d'honneurs ;
Tel que le diamant se dissout dans l'acide,
Au gré du sort aussi s'envolent les faveurs.

Ta-ns bira l'amistat d'aquère balaguère,
Au ras de la sayesse ey bou de l'acousta ;
Mes trouba la sayesse ey difficile encoère,
N'ey toute en u clouquet, ere ayme a-s desega.

Pour sauver l'amitié de cette décevance,
Auprès de la sagesse il nous faut l'abriter,
Mais où trouverons-nous sa sure résidence ?
Elle est partout, un seul ne peut la résumer.

Lou mey chin au mey gran aci qu'en pot ha dise ;
Tant-y-ha lou mayendou sera lou preferat,
Cap u exemple ou dus u apologue bisi ;
Et l'apologue aquet, amic, t'ey gadiat.

Si chacun sur ce point faisait un épilogue,
Le petit au plus grand pourrait en remontrer.
Vers un exemple ou deux, je vise l'apologue
Qu'en ce jour, cher ami, je veux te dédier.

En plee die au marcat, u mayou debinayre,
La lanterne a la maa, cercabe u homi, o bi !
Sens coumpte qu'et medix dap tout aute cercayre,
N'ousse estat lhèu lhebut, goè so qui l'apari.

Il était un savant, à la quête d'un sage,
Armé d'une lanterne en plein jour au marché,
Sans compter si lui-même en commun triage,
Eût emporté la palme, écoute ce narré :

Habe cause sens ops, si disè, qu'ey peguesse ;
Et ta bebe aquet saye ue escudèle habé ;
Debant u maynadou cad toute sa sayesse,
Dens lou clot de sa maa, lou maynadou bebè.

Posséder sans besoin, disait-il, c'est faiblesse,
Et ce sage pour boire une écuelle avait ;
Devant un jeune enfant échoua sa sagesse,
Dans le creux de sa main le jeune enfant buvait.

L'aute exemple asso ditz : Hèns ue galigorce,
Per u fii capitaa l'enemic hou chemat,
Dinqu'au piec de sa hayne, aquiu eu se hi torse ;
Lou renard quoand s'espuce, ey l'hèu mey endiablat.

L'autre exemple nous dit qu'un rusé capitaine,
Dans un détroit, par feinte, attirant l'ennemi,
Il put assouvir là son implacable haine ;
Le renard s'épuçant, est-il moins sage aussi ?

Eth pren entre sas dentz u branquet qui berdeye,
Et, chic a chic atau dens l'aygue s'enhoussant,
La pus, l'aygue hoeyent, de mey en mey saumeye,
Et quoand branquet ha pus, branquet s'en ba naulant.

Il prend entre ses dents la tige verdoyante
D'un saule, et par degrés dans les eaux s'enfonçant...
Mais la puce fuyant devant l'onde ascendante,
Atteint la tige enfin qui dans l'eau va vaguant.

LA CIGUE ET LE PERSIL.

U die, la cigure au peyrassilh disè : —
Cousii, tu n'es en loc goayre en boune abiengude,
Et sustout quoand hès tate-d-t mete en isanhè,
Ni plouye, ni bèt temps nou poden da-t ayude ;
Dinque la maa qui-t soenhe encoè te hè deli,
    Et mey, si-t toque, bos mouri.
Quoand you, dens lou magre de terre deslexade,
Arrincoade en u coenh aysements bau prabant,
De l'estiu lou biscaut, de l'hiber la tourrade
Nou hèn que s'eslenya sus moun hoelh berdeyant,
Et ma tire autaplaa gau-youse s'enayreye,
Quoand la toue, mee mic, esblaside museye.
Deya que boste coo, respoun lou peyrassilh,
En tant de caritat permou de you-s deglare,
En diseretz aumenhs, puixs qu'etz en leth bitare,
So que la Grèce hi de soun mey sayé hilh.

La ciguë au persil un jour disait : Cousin,
    Hélàs ! sur cette terre
    Tu ne prospères guère,
    Et quand tu tournes au chagrin,
Ni pluie ni beau temps n'allègent ta misère ;
La main qui te protége encor te fait languir,
    Et même à son contact, tu veux mourir,
Moi, dans mon feuillage à peine l'effleurant,
Et ma tige aussi bien s'élève triomphante,
Lorsque la tienne, ami, s'étiole rampante.
Mais le persil : — Déjà que votre cœur aimant,
En tant de charité, las ! pour moi se dégraine,
Me direz-vous au moins, au cours de votre haleine,
Ce que la Grèce fit de son plus sage enfant?

4

Dap quine herbe poudou tant malements l'oücide,
Et puixs au sabe-mau de sas errous,
Digatz so qu'a l'herbe homicide
Eu n'apari d'ahoas et d'imprecations.
Mes nou, n'at digatz pas, aquere herbe qu'ey bous.
You, sens nat crebe-coo, en este alee ayside
Punteriqueyi aquiu,
Ridounteleyi aciu ;
Moun herbe, si bouletz, n'ey pas toustemps seguide ;
Mes aco n'ey que drin de desaguis,
Ta qui-m bo trop cerca you nou soy perdedis,
Et moun sab flayreyant ha tant gran abantatye
Qu'a tout praube aparex de l'habé t'adoubatye.
Et puixs, b'em parentz, si-m disetz.
Yé ! de quin coustat, at sabetz ?
Bous, que belhatz la mourt, you que balhi la bite,
You, que soy benadit et bous quetz maladite ;
Tant-y-ha d'aquere perentat,
You, me lèxi espera, sens praba qu'a mon grat,
Et bous, toustemps emberiade,
Pertout Prabatz desagradade :
Tabé d'aquet praba yalou que nou-n habem;
Machante herbe prabe toustemps.

Avec quelle herbe elle le put occire ?
Puis au regret de son délire,
Et l'indignation et le courroux
Dont l'herbe fut l'objet, pourriez-vous me les dire?
Mais non, ne les dites pas, car cette herbe, c'est vous.
Pour moi, sans nul remords, dans cette allée unie,
Ici, je reverdis,
Là, je souris.
Si mon herbe n'est pas toujours suivie,
C'est caprice innocent,
Qui me cherche, me trouve évidemment,
Et ma saveur a si grand avantage
Qu'au pauvre il est donné d'en faire son usage.
Puis nous sommes parents, me dites-vous, bah ! nous ?
De quelle part ? le savez-vous ?
Vous, vous donnez la mort, moi, je donne la vie,
Vous, vous êtes maudite, et moi, je suis bénie;
Enfin de cette parenté,
Je me laisse espérer, sans croître qu'à mon gré,
Et vous, toujours défectueuse,
Partout vous croissez vénéneuse.
Aussi, ma chère, allez, suivez bien votre cours,
Mauvaise herbe croît toujours.

L'ALOUETTE, LE ROSSIGNOL ET LE HÉRON.

Lou rossinhol et la laudete.
(Beroys souayres, per ma fee.)
Mes tau maye sabe,
Qu'eu s'arrami la dounzelete ;
Sus lous que ci, que nou,
Si nou-s causin ta yutye eth pescayre-guirou.
Lous auzetz arribatz daban aquet lanchire : —
La laudete suspire,
Et, de sa lyre tire
Sa bère tirelire
Oundrade de piuliis,
Coum perles riuleyant au miey de sous refriis,
Et, dat tau melodie
Ba dise au pay deu die :
Adiu, adiu, adiu.
Adiu, Diu.
La laudete a finit et deya Philomèle
La-hute drin de sou, encoère que caytiu
Apère l'interès sur sa muse fidèle,
Qui nou s'abie encoè qu'en u debis cranhtiu;
Mes remetude lèu, de sa gori estounante
S'escapen dens lur plee lous sous lous mey hurous,
Et lous piuletz aysitz de sa boutz estitglante,
Riuleyen en u briu d'harmounie poumpous.

Sas roulades tantost et riches et plasentes,
Rudenteyen tantost semblant trop s'abourri ;
Mes las notes hounint ban s'aplega perlentes,
En u floc d'esquirous dap u brut arientii.

Dap quin nabèt accens bitare es doulenteye,
Eth hiale en amouri sous dols henlatz d'amou
Qui porten lous perpitz au coo qui s'amoureye,
Et lou l'èxea brexat en ue douce auyou.
Oui, mes l'amne de Yoan au cant n'ey pas sensible,
Yoan en heyt de cansous, ya nou counex
Que lou peix ;
Tabé due boutz impassible : —
La laudete ha ganhat seguroment.
Per u tout parié yutyoment,
Midas rey de Phrygie
Ou per prètz d'harmounie,
D'aurelhes d'asou u ournament.

Le rossignol et l'alouette,
Deux beaux chanteurs certainement,
Mais en fait du talent,
Elle le veut, la donzellette :
Sur le que si, que non,
Pour juge, ils prirent le héron.
Les oiseaux arrivés devant ce triste sire : —
L'alouette soupire,
Et, de sa lyre tire
Sa belle tirelire
Ornée de trintrins
Ruisselant tous perlés dans ses jolis refrains,
Et cette mélodie
Dit au père de l'harmonie
Adieu, adieu, adieu,
Adieu, Dieu.
L'alouette avait dit, et déjà Philomèle
Soupire un doux accent, cependant que chétif,
Appelle l'intérêt sur sa muse fidèle
Qui ne s'énonce encor qu'en prélude craintif.
Mais remise bientôt, de sa gorge étonnante
S'échappent dans leur plein les sons les plus heureux,
Et les accents perlés de sa voix éclatante
Ruissellent constamment en flots harmonieux.

Ses roulades, parfois, riches et cadencées
Semblent se rudoyer et se presser sans frein ;
Mais les notes pleuvant vont se grouper perlées,
En déployant l'éclat de leur bruit argentin.

De quels nouveaux accents maintenant il s'inspire,
Quel est ce son filé, décroissant tour à tour?
Il porte le désir dans le cœur qui soupire
Et le laisse bercé dans l'indicible amour.
Oui, mais l'âme de Jean au chant n'est point sensible :
Jean, en fait de chanson,
Préfère le poisson,
Aussi d'une voix impassible : —
A l'alouette est dû le prix du chant.
Pour un semblable jugement,
Midas, rôi de Phrygie,
Eut pour prix d'harmonie,
D'oreilles d'âne en ornement.

LA FLEUR MARGUERITE ET LE FRÊLON.

Lou boussalou penent a la flou margalide,
Eu ditz, en la bede tant abaxa lou cap : —
Seré lhèu dap degrèu qu'em balheres toun sap ?
Dap degrèu, respoun este, eh ! d'arres n'ey ahide:
Soy aci ta mouri, si n'ey per toun pousou,
Be sera per la maa de la pastoure Annete,
Aquere desflourayre a tout bèt péricou,
Sens nat que ha de ma doulou,
Et permou de soun amourete,
M'arringara, dap mous darrè l'hoelbet,
Ma bite et tabé mou segret.
Labetz, tu b'es coun you, respounou lou saubatye;
Au mendre pic que doey perderey lou hissou
Et ma bite dap eth ! Mes l'aut : — n'ey atau nou :

Le frêlon reposant sur la fleur marguerite,
Et lorsque sous son poids, il la voyait fléchir,
Lui dit : — Eh ! ma petite,
Serait-ce avec regret que tu m'as vu venir ?
Avec regret, répondit la pauvrette !
De nul je n'attends rien de bon,
Ici je dois mourir, si n'est par ton poison,
Ce sera par la main de la bergère Annette. ;
La défeuilleuse à petit brin,
Sans nul souci de mon chagrin,
Et pour son amourette,
Las ! avec mon dernier feuillet,
Arrachera ma vie et mon secret.
Nous avons même sort, repartit le sauvage,

A you me hèn mouri, tu t'oùcides de ratye,
Et d'aquet desempar ana,
En mouri, you dau la fidence,
En mouri, tu das la souffrence.

Atau machant dap bou preten es payera.

Je pique et perds mon dart et ma vie avec lui.
Oh ! répartit la fleur : —cela n'est pas ainsi,
On me donne la mort, tu la subis de rage,
Et de cette façon d'aller,
Je meurs, en donnant l'espérance,
Tu meurs, en donnant la souffrance.

Ainsi, mauvais à bon prétend se comparer.

LE HIBOU ET LE CHÊNE

La destrau dens la seube habè heyt tau rabatye,
Que lou cassou doyen dens l'oumbre sepelit,
Tant-y-ha, poudou gau-yous desplega soun brancatye,
Ha cantère et salba lou sourelh a l'esguit.
D'aquet agradament et d'aquet luminari,
Bee s'en ousse passat u coescou lougatari,
Que dap degrèu, loutyabe en soun see lou courau.
Lou coescou ère u guehus, puixsque mentabe eu cau !
La lux disè, m'enlue, et puixs la piuloutalhe
De toute l'auseralhe
Que lou hoelhatye apère a-s recouti,
M'empèxe de droumi ;
Et mey, deu hèu qui-u ganhe,
Lou butor tant s'enhanhe,
Qu'abans lou sou coubat
Sourtex de soun hourat ;
Mes nou sab que debiene, et soun ale banhole
S'enba chalabatant sounque a la barincole ;
Puixs sus eth de houni toutz lous ausetz deu sou :
Pic ací, pic aquiu, a qui lou maye dou,
A qui mey s'esdebure...
Noù-n haben yamey prou...
Et l'ausèt de la noeyt ou ta male abenture
Que d'endol et chagrii
Mouri ;
Mes lou cassou prabant a l'auyou bienhasente
De l'astre sens lou quoau degu nou-s pot sauba,
Capère de sous brancxs la seube renaxente,
Oun, ounques la destrau nou poeyra mey touca.

Dans la forêt, la hache avait fait tel dommage,
Que le chêne doyen à l'ombre retiré
Put, cependant, joyeux déployer son branchage,
Marquer lisière et saluer
Le soleil au lever.
Mais de cet agrément et de ce luminaire
Se serait bien passé le triste locataire
Qu'avec regret le chêne abritait dans son flanc :
Eh bien ! ce déplaisant,
Puisqu'il faut le nommer, s'appelait chat-huant.
Cette lumière, disait-il, donne à ma vue
La berlue ;
Puis le chant des oiseaux
Que l'arbre aux longs rameaux
Incessamment appelle
Et rappelle
M'empêche de dormir ;
Et, ne pouvant plus y tenir,
L'oiseau farouche,
Avant que Phébus ne se couche,
De rage fou
Sort de son trou ;
Mais il est à la peine,
De son aile incertaine
En vain il se démène :
Puis les oiseaux du jour de venir l'assaillir,
A qui mieux mieux coup sur coup de férir,
De revenir encore
Sur la pécore ;
Enfin, quand le jour disparut,
De sauffrance et d'ennui l'oiseau de nuit mourut.
Mais le chêne croissant à la faveur puissante
De l'astre sans lequel rien ne peut prospérer,
Couvre de ses rameaux la forêt renaissante
Que la hache oncques plus ne saurait entamer.

LE CHAMOIS ET LE VAUTOUR

Autour d'u sarri qui broustabe,
Lou butre u cop roundouleyabe,
Si nou gausè sus eth betlèu houni !
B'ère aganit lou butre qui tant hi...
(U butre quey coubar) tantiscam lou broustayre
Ditz au roundouleyayre :
Goè, que nou-t cau tant pegueya,
Arré dap you n'has a ganha ;
De tous tours coum de tas hounides,
Mous corns aguts et mas peritz aysides
Haberen lèu resou.
N'has dounc yamey estimat ma balou
Quoand ma sole leuyère
Ba frisant la cantère
D'u bouladé,
Ou saute trioumphante
La gaute miassante
D'u peridè ?
Qu'habè resous lou butre enta nou pas coumbiene
D'aquere ayilitat.
Sus lous que ci, que non, per nou sey quin pariat,
Èus bin pourtan abiene.
Soù penent mey besii,
Tau coum ta-s diberti,
Lou sarri garimbeye,
Tout leuyè ricoutxèye,
Puixs soù pic s'abourrex,
Dens sa course ayreyade,
Tres cops lou peridè, sens da-s nade piade,
Debat sa sole disparex.
Mes oh ! cause endiablade;
U cop d'ale deu butre eu hi perde lou pèe
Et lou yete tout tros au hounds de l'arraulhè,
Oun lou-coubar autalèu qu'eth, estè,
Et l'y minyè.

Ni yocxs ni dibertissences
Sounque dap las counexenses.

Autour d'un chamois qui broutait,
Un vautour un jour dessinait
Son vol en ronde.
Et même à fondre,
A peu près il risqua
Etait-il affamé ce vautour-là !
(Un vautour est couard.) L'hôte du paturage
Dit au rodeur aérien :
Tu perds ton temps envain,
Mes cornes et mes pieds dont je fais bon usage
Te mettraient vite à la raison ;
Puis, mon agilité, l'ignore-t-on,
Quand ma sole légère
Va frisant la lisière
Du rapide versant,
Ou franchit triomphante
La gueule menaçante
De l'abîme béant ?
Le vautour, pour motifs, dit : c'est jactance
D'ainsi parler. Sur le que non, que si,
Ils s'arrangent par un pari,
Je ne sais de quelle importance.
Un versant était près de là,
Le chamois s'y lança;
Ce fut une voltige
A l'attrayant prestige :
De là, sur le pic il bondit,
Dans sa course fictive,
Légère, subversive
Par trois fois, l'abîme il franchit.
Mais oh ! barbarie cruelle;
L'autour soudain,
D'un violent coup d'aile,
Dans le fond du ravin
Le jette mort sur place,
Où la vorace
Aussitôt que lui, fut,
Et s'en reput.
Avec étrangère engeance
N'ayez nulle accointence.

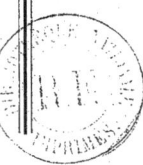

LE CHAT SAUVAGE ET L'ÉCUREUIL.

Tau cred guilha Guilhot que Guilhot eu guilhe.

A la claria d'u bosc en tout frut aboundous,
Et sus l'herbe flouride, u esquiroo trepabe.
A quoate paas d'aquiu, estuyat aus bruxous,
U deyu gat-pitox este esquiroo lupabe.
Entant que lou praubin d'aquet besii n'ha bens,
Pren, lèxe l'aberaa ta grapinha la pinhe,
Lou brigant estuyat cerque a prene soun temps,
S'aplegue mey lous pèes et deus oeilhs qu'eu se minye ;
Deus oeilhs n'ey pas lou tout, cau la part de la dent.
Aqueste punt dilhèu nou sera taa facile ;
Si lou gat ha lou saut aysit et bioulent,
L'esquiroo a l'oeilh biu et l'escartat ayile ;
Aco sabè lou gat, tabé tirabe au fii,
Et quand la soue bi,
Sus sa pitance s'élance...
Luec ! soun urp n'es plante qu'en soü
Oun ère l'esquiroo,
Eth, prounpt coum l'eslambret deya prenè l'abance
Soü prumè pii ; gat d'y garrapeta,
A tout prètz aquet pertusaa
Boulebe u esquiroo enta'sdebua.
Aci qu'haberetz bist ue nabère danse;
L'u, ba baladeyant de branquet en banquet,
Hè mant'u passe-pèe, hè mant'u garimbet,
Pren sa course peus broutz et sa sole leuyère
Eus frise coum l'ayret en temps de primebère.
L'aute... Aqueste ey lou gat, sab tabé qnoauques paas;
Mes entaus amuxa boulere d'autz parsas.
Catsus la caus ardent habè seguit l'artiste,
Et toutu, ric per ric, eu se tienè de biste ;
Mes quoand bi peus soumius dansa lou comedien,
Bit atau carreyant de brancatye en brancatye
Soun esdebua boulatye,
Quand, bi you dic, l'effrountat mayicien
Eu coumbida, rident, a la branque darrère :
Et d'aquiu sus gn-aut pii ha lou passe carrère :
Lou gat-pitox troumpat,
De rauye emboutumat,
Encoé que n'ousse bist tau paas en nat dansayre,
Beu rispuè bee toutu... eh bee ! qu'atrapè l'ayre
Mey lou hounient castic, a parti deu soumiu,
Qui l'arrounsè countre u brounc de sabiu,
Pate espartit, arcat, mey mourt que biu.

Tel croit guiller Guilhot que Guilhot le guille.

Dans un bois verdoyant en tous bons fruits fécond,
Un écureuil trépait sur l'herbette fleurie ;
A quatre pas de là caché dans un buisson,
Un chat sauvage à jeun attentait à sa vie.
L'écureuil qui ne songe à ce noir guet-apens,
Pour la pomme de pin laisse et prend la noisette ;
Le brigand embusqué cherche à prendre son temps,
Et l'avalant des yeux, à le saisir s'apprête.
Des yeux ce n'est pas tout, faut la part de la dent ;
Ce point ne sera pas peut-être aussi facile;
Si le chat a le bond précis et violent,
L'écureuil a l'écart rapide autant qu'agile :
Mais le chat le savait; aussi visait-il bien.
Et quand le moment vient,
Il s'élance
Sur sa pitance...
Nix !.... son grappin n'atteint que le sol où jouait
Notre écureuil distrait:
Et prompt comme l'éclair, lui, de prendre l'avance
Sur le pin le plus proche, et le chat d'y grimper ;
C'est qu'à tout prix, ce flibustier.
Voulait un écureuil pour déjeuner.
Ici, l'on eut pu voir une danse étrangère,
L'un va de tige en tige en bonds mirobolents,
Il fait maint passe-passe et maints sauts amusants,
Vole snr les bourgeons, et sa patte légère
Les effleure tel que la brise printanière.
L'autre — Le chat — Aussi sait faire quelques pas ;
Mais pour les démontrer, ce lieu ne lui plait pas.
Sur la tige il le savait, pourtant, suivi l'artiste
Comme aussi, ric-à-ric, il en suivait la piste ;
Mais quand sur les sommets il vit le comédien,
Ainsi faire passer de branchage en branchage
Son déjeuner volage,
Et quand il vit, dis-je, l'effronté magicien
L'inviter en riant à la branche nouvelle,
Puis, sur le pin voisin faire la passerelle....
Le chat, déçu, trompé,
De rage transporté,
Bien qu'il n'eût jamais vu danseur de telle audace,
Il hasarda le pas... Ce fut l'espace !
Et le précipité du châtiment
Qui le laissèrent pantelant
Contre un osier, là, plus mort que vivant.

L'HOMME ET L'ARAGNE.

A coustat l'u de l'aut Peyrot et Yoanetou,
L'u homi, l'aut aranhe a l'iranhou cassaben ;
Nat puxeu nou-s hasèn entre etz aquet pariou,
L'u mousques, l'aut ausètz dens lurs hialatz lupaben.
— Mes qu'ey ta m'escarni toun diable de triscatye,
Si dixou l'homi au barbaloo bentut.
Mes este : — A t'escarni, quoand debs a ma bertut
So qui pot ta cassa deus ulhetz l'assemblatye !
Sens lou temps emplega't a tous rètz pounhica,
Tant qu'aus tene tu metz lou chic qui podz counexe,
You, ous mes, bit soü loc, et hiali, et trami, et tiexi,
Et, serey la prnumèra encoère aus estrea.

L'homi dens soun talent trop bèt cop es cayole,
Et trop bèt cop tabé, goayre que nou s'at bau,
Quand bit aci medix bedem ue barbole,
Sens roeyt, eu ne ha dise et mey lexa-u barbau.

Peyroutou l'homme et Jeanneton l'aragne,
A côté l'un de l'autre à l'iragnon chassaient.
Nul préjudice entre eux compagnon et compagne
Ne se portaient :
L'un mouches, l'autre oiseaux dans leurs filets guettaient.
Mais c'est pour me narguer, ton diable de treillage,
Dit l'homme à l'insecte ventru. —
Moi te narguer! quand c'est à ma vertu
Que tu dois ce que peut des œillets l'assemblage ;
Sans le temps que tu mets à tes rets fabriquer,
Tandis que tu les tends, encore, par indice,
Moi, les miens, sur les lieux, sans discontinuer,
Les file, les trame et les tisse,
Et serai la première à capturer.

L'homme, de son talent, tire une gloriole,
Es-ce la peine enfin de s'en faire si beau ?
Alors que nous voyons une simple barbole
Lui donner des leçons et le laisser barbeau.

LA POULE AUX CANETONS.

Bit au loung d'u baniu ue poule piulabe.
Bèt at crey you, sa coade qui tant aymabe,
Si nou bienè de s'y yeta !
Mais enloc de-s nega,
La troupe houleyante
S'en anabe naulante,
Aleteyant aquiu,
Culhebetant aciu;
Entant que la may desbrembade,
De mey en mey ère abeyade.

Une poule gloussait le long de la rivière.
Je le crois. Sa couvée entière
Venait de s'y jeter !
Mais loin de se noyer,
La troupe pétulante
Se démenait voyante,
Aile-battant de ça,
Cule-levant de là ;
Et la mère oubliée,
De plus en plus était peinée !

Lou coe-nid, nou poudè trop marcha,
Espiatz-lou dap lous autz hasent au mey nada...
Mes de nda tabé s'essayè la mayrote.
Qu'ey so que may nou hè ta sous ninous sauba !
U pouloy bed yoc, et ditz : - Oh ! la pegote,
Ta-t balha de taus soenhs,
D'aquet auyami en es la may aumenhs ?
Mes la clouque : — Noufèt ! soy la may d'aquets nins,
La may qui-eus s'ha coatz, la may qui-eus cerque bite:
Soy la may, yon s'at dic, auds mon coo quin perpite !
Et bitare medix tournen ta you, praubins !
Betz, pouloy, soy la may, — hop, balèu, berouyins !..

La neurice de may nou pot esta desdite.

Le plus jeune au rivage à peine se trainait ;
Mais dans les eaux de conserve il nageait.
Las ! aussi de nager, essaya la mèrote,
(Pour sauver ses enfants mère que ne ferait.)
Ce voyant, un dindon lui dit : — Eh ! donc, la sotte,
Pour te donner de pareils soins,
De cette volatille es-tu la mère au moins.
La poule tôt : - Je suis la mère des petits,
Celle qui les couva, qui leur cherche la vie,
Je suis la mère, dis-je, à l'amour infinie,
Mais voilà qu'ils reviennent a moi, les chéris !
A leur mère, dindon,— vite accourez, amis.

La nourrice est la mère à mon avis,

LE CHAT, LE RENARD, LE LOUP, ET LES CHIENS DE CHASSE.

Lou gat et lou renard dap lur coumpay lou loup,
A la bouque du bosc u matii debisaben.
Mounde d'aquet estat per hasard nou-s troubaben :
Ethz s'èren aplegatz. Qu'ey so que maquinhoaben ?
Qui sab... Quoauque lè truc a la mode de boup.
Bit aci que lous caas de casse
Coupèn la counbersatiou,
Tres cas, perma, de race !
Et lous pertusaas en questiou
Hin bellèu place boeyte,
En prene hoeyte,
Cad'u de soun coustat,
Per oun ère arribat.
Mute deus persegui, hasent gran biahori :
Tres caas sus tres herums, en tres puntz desegatz,
Aus qui courrien mey hort cassadous et cassatz...
Or dounc d'aqueste histori:
Soü premè pii lou gat garrapetè,
Dens u terrè lou renard s'entutè,
Mes lou loup, au dembès soun seguis escanè ;
Et puixs nabèt horaci,
Lupant lous destrigats a distenci arribant,
A cade cop de dent cinnabe u passe-abant;
Et quoand bi lous tres caas atau coubatz sus place ; —
Se m'at ha balut, si digou,
Deus me prene en deseg, ou you n'hauri heyt nou,
Autaa bou marcat soupe grasse.
Aquet diable de loup, espiatz si nou sabè,
Que force mayourau per l'unïou qu'es hè.

Le chat, le loup et le renard,
A l'entrée d'un bois étaient en conférence.
Mais telles gens ne réunit guère un hasard ;
Ils s'étaient convoqués et combinaient, je pense,
De renard une manigance.
Mais voici que les chiens de chasse
Coupent la conversation.
Trois chiens, ma foi, de race ;
Mais ils avaient vidé la place
Les brigands en question;
Chacun, à part, de regagner sa voie.
La meute les poursuit et sans repit aboie,
Trois chiens sur trios fuyards sur trois point dispersés,
A qui mieux mieux courant et chasseurs et chassés...
Enfin, au résumé de cette chasse...
Le matou sur un pin grimpa,
Dans un terrier le renard s'enferma;
Mais le loup au tournant son quêteur étrangla,
Et puis, nouvel horace,
Guêtant les compagnons à distance arrivant,
A chaque coup de dent, il signe un passavant :
Enfin, mirant ces gens morts, étendus sur place,
Bien m'en a valu, dit ce loup,
De les prendre en détail, ou n'eusse fait du coup,
Aussi bon marché soupe grasse.

Ce damné loup savait
Que l'union force faisait.

LA POUTRE ET LE PROPRIÉTAIRE

Ue pèce de cassou escarride en pitrau,
Sus l'humi de goarsous bit ayergade atau,
Quitant la seube et lou souc seculari,
Seguibe lou prouprietari
A soun oustau.
Sens nat trebut, arribaran, behide.
Bit lou meste au paus destrigat,
Si nou s'atrape ue eslaside.
Cassou ! cassou ! si-u ditz, d'endol emboutumat,
Quoand ères glan, qu'u porc nou se t'ousse minyat...
Per chic de mau, bee hès grand biahori,
Hi lou courau, Toutu quoand biengue l'hore
Oun siey dens ta maysou,
Homi riscat, nou sabs so qui-t balerey you.
Or, lou pitrau bellèu en redoubatye
Remplassabe l'aut, lou querat.
Que s'en anabe temps, lou cabiroatye
Taplaa bielh acabat
Es darroulhe dap brut soü pitrau nau pausat;
Mes sa lenhe tilhouse
Assoubaque carcat la familhe noumbrouse
Et mey l'imprecadou,
Qui-n tau pitrau labetz n'hou benadiciou.

Atau n'arribe
En este ribe,
Deu mau que n'habetz heyt etz mey lèu maladit,
Que deu bee qui haratz nou seratz benadit.

Une pièce de chêne équarrie en billon,
Sur l'épaule de gens portée à l'unisson,
Quittant et la forêt et le tronc séculaire,
Suivait son propriétaire
A sa maison.
Arriveront-ils sans mésaventure ?
Non, le maître mal avisé,
En déchargeant, se fait une blessure.
Chêne, chêne, dit-il, exaspéré,
Quand tu nétais que gland, qu'un porc ne t'eût mangé.
Pour peu de mal, est-ce la peine
D'ainsi maugréer, fit le chêne,
Puis, homme osé, dans ta maison,
Sais-tu ce que vaudra mon apparition ?
Or, cette poutre ainsi tancée
En remplaçait une autre et carrément,
Il était temps, car la charpente usée
S'écroule avec fracas sur la poutre placée
Mais sa forte texture allait sauvegardant
Une famille consternée,
Et l'homme à l'imprécation,
Qui pour la poutre, en cette occasion,
N'eut pas une bénédiction.

Ainsi sur cette rive
Il en arrive :
Pour un mal non commis, on vous exécrera,
Plus que pour un bienfait on ne vous bénira.

CHENILLE ET PAPILLON.

Seras, m'ha dit lou hat, un die parpalhoo
Dap l'alete proubouse et daurade et flourade.
Dap aco you nou soy bermi ni boulato.
Eh ! qu'em hè dounc a you tant bère destinade,

Un jour, m'a dit le sort, tu seras papillon
A l'ailette poudrée et dorée et fleurée.
Néanmoins, je ne suis qu'un chétif embryon.
Eh ! que me fait à moi si belle destinée,

Si mey loungtemps estau dens moun sayou pelut,
Ourtouot sens tournure et barboü sens bertut...
Atau hasè sous planhs l'aurugue impatiente ;
Mes coum tout recoutex ta qui pot demoura,
U bèt matii se bi dap ale fremerente,
Et, gau-yous parpalhoo d'ana parpalheya.
Diu ! la premère haurongle en hi soun esdebura.

Si plus longtemps je reste en mon sage velu,
Serithion sans tournure, insecte sans vertu.
Ainsi parlait une chenille impatiente ;
Mais tout venant à bon point à qui peut demeurer,
Un jour elle se vit à l'aile frémissante,
Et, joyeux papillon d'aller papillonner...
Hélas ! une hirondelle en fit son déjeuner.

Atau la bère Rose a pene este flouride,
Bit coum lou parpalhoo s'empressè de youi ;
Mes au mendre gaumas estè biste esblasidc.
Pastoures, nou dic autz, ey poo de p'esmali.

Ainsi la belle Rose à peine épanouie,
Comme le papillon s'empressa de jouir ;
Mais le moindre vent chaud nous l'eut bientôt flétrie,
Bergères, je me tais, vous pourriez me haïr.

LE COUCOU ET LE LORIOT.

Lou coucut et l'oürioo, ausetz de prou gran ley :
   Toutu hin tau encoumbenence,
     Qu'au dit due sentence,
     Ixes nou poeyrin mey
Basti coube-noubiau soü branc, bruxou ni terre,
     Ni-n nat amasament ;
   Tant-y-ha, disè lou yutyament,
  En nade place a la deus autz parière.
  Lou coucut despieyt nou-n habou.
    Au nid deu golis, sens faysou,
    Quoand boulou poune, pounou.
Mes l'oürioo, sus u branc en eslaut qui s'abance,
Dap tres hius pen lou soo, bit coum ue balance ;
Atau de la bermialhe esbite la minyance,
   Hè peniteuce et soü marcat,
   Au grat de l'ayret ey yumplat.

Soü balent et pacant, tant sa-hè la disgrâce,
Qu'aqueste es lexe ana, sens bergounhe ni prou ;
Mes l'aut mey senticous, cade die es suspasse,
Au punt qo'au darrè temps, eth hè cent cops resou.

Le coucou, le loriot, (deux beaux types d'oiseaux)
   Se permirent pourtant telle licence,
     Qu'au dit d'une sentence,
      Ces passereaux
Ne pourraient plus bâtir leur couche nuptiale
Sur sol, sur bâtiment, sur arbre, sur buisson,
   Enfin, dans aucune position
   A celles des autres égale.
    Le coucou n'en eut nul dépit,
    Du rouge-gorge dans le nid,
   Quand il voulut pondre, il pondit.
Mais le loriot, prenant parti d'avance,
   Sur un haut rameau, bel et bien,
   Par trois fils suspendit le sien,
Il évite des vers la parasite engeance,
    Il fait sa pénitence
    Et goûte le plaisir
   D'être bercé par le zéphir.

Différemment agit sur l'homme la disgrâce ;
Quand tel découragé se livre à l'abandon,
Tel autre soucieux chaque jour se surpasse,
Au point qu'au temps dernier il fait cent fois raison.

LE CHIEN, LE PORC ET LES GENS DU CHATEAU.

   Lou caa Minyequoannas,
    Per u bèt die,
   Biabe en coumpanhie
   Deu porc Gargantuas.
Aquet par d'animaus ya que d'humou coun'rari,
   Toutu sus u punt s'entenèn,
    Ethz boulèn
Au castèt den senhou sarie de garnissari.
   Au dit castèt dounc arribèn ;
   Mes toute la picoalhe
De caas et de bayletz s'abourrin soü pariou ;
   (Yentz de senhou
  Nou-y-ha qui-us s'amigalhe)
Bayletz soü porc et caas soü caa.
Qu'ère la hourre a qui mey s'y hara.
  Tant-y-ha, de tau maniboulence,
   Lou pourcèt s'at birè,
   Gracis a l'assistence
   Que la pourcère enyence
   D'aquet endret eu dè.
Atau sa natiou soun pourcèt es saubè.
Mes entau caa, sounque tout a l'emberse ;
   Peu sous medix tracat,
    Boeyrat,
    Esmatacat :
Mes lou praubas habè male traberse,
Mey sous frays arrauyous habèn contre eth furou.
Yentz estros, esbarluecxs, sens bergounhe ni prou ;
Deus darrès cops de dent nat nou boo tiene quite,
Qu'en tout ercas, dilhèu, n'eu lexesse la bite !

De qui parlabi aci ? Nou deus riches aumenhs.
(Ixes s'ayden entre ethz, aqiiu nou soun mous soenhs)
Mes de bous, praube yen, de goeys desbaratade,
Qui nou minyatz lou paa qn'arrousat de sudous ;
Espiatz lous qui sacats eus s'arrosen de plous,
L'amne haberatz contre ethz, lhèu, m'enhs emberiade.

   Le chien Mangequanna,
   Par une belle matinée,
   Cheminait le long d'une allée
   Avec le porc Gargantua.
Ces animaux quoique d'humeur contraire,
   Sur un point s'entendaient,
    Ils voulaient
Au château du seigneur charge de garnissaire.
   Au dit château notre couple arriva ;
   Mais la cohorte détestable
Des chiens et de valets sur nos pions se rua ;
   (Gent de seigneur, gent peu traitable ;)
   Valets sur porc et chiens sur chien.
A ce hourra, chaque agresseur y mit du sien.
  Enfin, de cette malveillance,
   Le pourceau s'échappa,
   Grâces à l'assistance
   Que la porcine engeance
   De ce lieu lui prêta.
Ainsi sa nation son porc sauva.
Mais pour le chien, tout fut en sens inverse,
   Par ses frères traqué,
   Dans la boue traîné,
    Erinté :
Plus du pauvre animal augmentait la détresse,
Plus sur lui les butors exerçaient leur fureur.
Gens insensés, sans honte ni pudeur !
Des derniers coups de dent aucun ne lui fait grâce,
Qu'à peine de la vie il ne lui laisse trace.

De qui parlais-je ici ? Non des riches du moins ;
Ceux-là s'aident entre eux, là ne sont pas mes soins.
Mais de vous pauvre gent, de chagrin débordée,
Vous qui mangez le pain arrosé de sueurs ;
Votre victime hélas ! l'arrose de ses pleurs....
Pour elle n'ayez plus une âme envenimée.

LE CHAT ET LE RENARD EN SOCIÉTÉ.

Lou gat et lou renard, u beroy assemblatye !
Eh bee ! hin gasalhe toutu,
Ethz debèben mete en commu
Lou goanh coum lou doumatye.
Lou mètxe qu'ère bielh, lou herum yoen, perma !
Mes lou hilh de la boup ya poudebe risca.
Encoère qu'u countrat n'haye ta quoauque enyence
Maye prètz qu'u serment, estes, per menchidence,
D'escribe lurs resous
Et lurs counditious ;
Et puixs cade escogriphe,
Sus lou countrat, biste appousè sa griffe,
Cad'u de soun coustat ;
Ta garanti sa fée, (fée de boup, fée de gat !)
Aco heyt, ayre... A la besoenhe
Dega n'habou bergoenhe :
Et l'aube eus apleguè, mes dap proubisious,
Gat de lapiis, boup de capous.
Bellèu, en flatousè debise,
Cad'u de l'aut digou la balhentise.
Arré nou coste de banta
Lous tours dont on cred proufieta.
N'oussen autaplaa dit de-s parti la pitance ;
Permou que l'u mey l'aut gusard
Habèn dens lur esprit arrestat per abanse
De la se mete a part
Au *gular.*
Mes tant qui-s cayoulaben
Et qu'atau s'esgayaben,
D'u pout s'enten lou cant maytiè.
Audz, *lupo,* ditz lou gat, *itou tau galifè !*
Et lou *pante roupilhe ;*
Tant que you *lupi* là *mourfihe,*
Trime degour cauni lou *pounant tinientiol,*
Si le-m *guilhes* au *croc* t'aclami *gran mariol.*
La boup partex. Courte estè soun absence ;
Mes nou pas tant,
Qu'u lhebat d'impourtence
N'ousse heyt l'aut galant.
Sur la branque darrère
De l'arbe mey besii
Carreyè la hartère,
Ta soul la *s'engouli.*
— O hilh de la *mandrilhe !*
Hi lou renard quoand s'en espiè ;
Ta-m youya *truc* pariè,
Soy you dounc *piscantilhe,*
Barboü ou *coungaliè.*

Puixs, au ras de la caus, hen ue regue : —
Goè-la, hoü *marlou* de la *pregue.*
Passe aqueste auta plaa. Mes lou gat nou gausè.
Atau de la ripailhe
Degu n'habou briyalhe ;
Permou ta la baxa, qui sabè, nou poudè,
Qui poudè, nou sabè.
Et per cause darrère,
Lous herums es lupant, l'u per laut en seguin,
Enballes s'aganin,
Ci lous boucis sanses sus l'arbe se poeyrin.

Gasalhe entre couquis n'enyendre que misère.

Le chat et le renard, un charmant assemblage !
Ils s'assossièrent pourtant,
Et partant
Ils mirent en commun le gain et le dommage.
Viel était le vilain, jeune le campagnard,
Mais il pouvait risquer, le fils du renard.
Encore qu'un contrat n'ait pour certaine engeance
Plus de prix qu'un serment, ceux-ci par méfiance,
D'écrire et leur raisons
Et leurs conditions.
Puis la gent escogriffe
Sous l'écrit apposa sa griffe,
Chacun à part,
Pour garant de leur foi de chat et de renard.
Et cela fait, de l'air... A la besogne
Nul n'eut vergogne :
Aussi l'aube les réunit, avec provisions,
Chat de lapins et renard de chapons.
Ils se dirent des gentillesses,
Chacun de l'autre exalta les prouesses.
Il ne coûte pas de venter
Les tours dont on croit profiter.
Mais de partager la pitance,
Personne n'en dit rien :
Chacun s'était promis d'avance
A son profit d'y porter son grapin.
Au milieu de tant de tendresse
Et d'allégresse,
D'un coq la voix s'entend au loin.
— C'est encor pour ton groin,
Dit le chat au renard. Le paysan dort encore,
Pendant que je veille au butin,
Va m'étrangler ce chanteur libertin,
Dépêche donc, voici l'aurore ;
Si tu me l'apportes au croc,
Je te proclame grand escroc.
Le renard part. Courte fut son absence,
Mais non pas tant,
Qu'un larcin d'importance
N'eut fait l'autre galant.
Sur la branche élevée
D'un arbre tout voisin,
Mais pour s'en faire seul gorgée,
Il avait porté le butin.
— O fils de la mandrille !
Fit le renard ; pour ainsi me berner
Et me jouer,
Suis-je chapon, poisson ou bien chenille ;
Et près du tronc déjà
Dessinant un trait redoutable,
Il ajouta :
— Hypocrite exécrable,
Franchis aussi bien ce trait-là...
Le chat n'osa.
Ainsi mie de victuaille
N'échut à la canaille.
L'un l'autre se guettant, ils étaient sur ce pied :
Qui savait, ne pouvait,
Qui pouvait, ne savait :
Et pour clause dernière,
Les guetteurs s'exténuèrent de faim,
Et sur l'arbre pourrit aussi bien le butin.
Commerce entre coquins n'engendre que misère.

---

(1) Les mots imprimés en caractères italiques n'appartiennent pas à la langue béarnaise. Je les ai empruntés à l'argot que parlent certains mendiants qui rôdent dans nos campagnes.

Dictionnaire Béarnais--Français

avec des indications étymologiques, celtes, grecques ou latines.

A

Aberaa, s. m. (avellana), noisette.
Aeura, v. n. (du celte abeuvri), abreuver.
Abia, v. n. (viare), aller.
Abourri, v. a., lancer avec force.
Abraca, v. a. du g. (brachus), racourcir.
Abrespè, s. m. (vesper), goûter.
Adosca, v. a. (adescare), nourrir.
Aganit, adj., exténué de faim.
Agoalè, s. m. (aqus) petit ruisseau.
Agrada, v. a. (gratus), être au gré.
Ahide, s f (fides), confiance.
Ahilha, v. a , faire accepter quelque chose de défectueux.
Ahoa, v. a., (foras) mettre en fuite par des cris bruyants.
Aleba, v. a. (lœdere), blesser.
Ametxa, v. a (mansue facere), apprivoiser.
Amouri, v. n. (emori), mourir peu à peu, décroître.
Apari, v. imp., autan m'en apari, il m'en advint autant.
Apè, s. m., outil, ustensile, engin.
Apet, s. m., mets préparé.
Arcasta, v. a., reprocher, se dit d'un bienfait.
Arde, v. a., brûler.
Arrayous, ouse, adj. (rabiosus) enragé.
Arrang, anque, adj. du g. (reynay-errayen) marcher péniblement.
Arrestiu, tibe, adj. (restitans), rétif.
Arraya, (se) v. pron. (radiare) prendre le soleil.
Arrecapt, s. m. (captura), provision de bouche.
Arrouganka, v. a. briser avec les dents.
Arroude, v. a. (abruere) accabler.
Arrounsa, v. a., jeter quelque chose avec force. Il répond en mot lat. interquere.
Assadoura, v. a. (saturare) rassasier.
Atras, s. m. (attrahere) attirail.
Aurugue, s. f. (eruca) chenille.
Autour, s. m. (accipiter) oiseau de proie.
Ayuda, s. f. (adjutorium) aide.

B

Baliros, nom de village : du G. (Bayleros) poisson de rivière.
Barboü, barbaloo, s. m., insecte.
Begade, s. m. (vacare) loisir.
Behide, adv. (fides) oui par ma foi.
Bergoenhe, s. f. (verecondia) honte.
Bèspe, s. f. (vespa) guêpe.
Bia, v. n. (viare) voyager.
Bie, s. f. (via) voie.
Biscaut, s. m. (bis calidus) dégat qui se produit sur la feuille par la pluie et le soleil qui, en été, pendant la même journée, se succèdent alternativement.
Bit-haugue, s. f. (vinea fera) vigne sauvage.
Boup, s. f. (vulpes) renard.
Brac, aque, adj. du G. (brachus) court.
Brespe, s. m. (vesper) soir.
Briac, ague, adj. (ircbriatus), ivrogne.
Bribent, s m. du G, (Bruoo) le courant de l'eau.
Bribeya, v. n. (voy. bribent) ruisseler.
Briu, s m (voy. bribent) le grand courant de l'eau.
Brout, s. m. du celt. (Broust) bourgeon.
Brouni, v. n. d. G. (Brumos) produire un bruit sourd
Bruxou, s. m. (bruxum, buis) buisson, clôture.
Originairement les clôtures étaient de buis.
Butre, s. m. (vultur) vautour.

C

Capera, v. a. (opercalare) couvrir.
Caperaa, s. m. (capellanus) prêtre.
Care-sou, s. m., répond au mot latin (locus apricuus) face au soleil.
Castellaa, s. m. (castellanus) châtelain.
Cata, v. ref. (se) se tenir accroupi.
Caus, s. f. (caudex) tronc.
Caytiu, ibe. adj. (captivus) chétif.
Cep, s. m. (capere) traquenard.
Chaure, s. m. (aura) vent.
Chaureyade, s. f., action de prendre l'air.
Chema, v. a., se dit des oiseaux et des abeilles qui, dans leur vol, dessinent une courbe pour se reposer.

Chor, s. m. [chorus] cœur.
Cigure, s. f., (cicuta), ciguë.
Cledat, s. m. (claudere) berceil.
Couyè, (argot) cocarre.
Courné, (cornu) coin.
Cluquete, s. f., du G. (chanlos) houlette.
Crexe, v. n. (crescere) croître.
Cuyalaa, s. m. (ovile-caula) lieu où l'on enferme les brebis.

D

Degour, adv. (argot) vite.
Degrèu, s. m. (œgrè) regret.
Descampourra, v. n., prendre la clef des champs
Doumaa, adv. (de mane) demain.

E

Emballes, adv. (in vanum) en vain.
Embesca, v a (viscare) engluer.
En-baganaut, adv. (in vanum) en vain.
Endole, v. a. (dolere) souffrir.
Engouli, v. a (argot) manger.
Esbagat, ade, adj. (vacare) désœuvré.
Esbariat, riade, adj. (aberratus) égaré, épouvanté.
Escade, v. a., (casus) rencontrer
Eslouxade, (relaxare) dilatation.
Esperissa, v. a. du g. (sparssoo) fendre déchirer.
Esperraca, v. a.; voir esperissa, déchirer.
Espiga, v. a. (spica) glaner.

F

Fidence, s. f. (fides) caution, responsabilité.
Frement, part. (fremere) frémissant.

G

Galité, s. m. (argot) bouche, gueule.
Garbat, s. m. (garba) gerbe.
Garganet, s. m. de l'espagnol (garganta.) gosier.
Gaumas, s. m. du g. (Kauma) chaleur excessive.
Gaspade, s. f. (du celte craff) raisin.
Goey, s. m. du g. (Gouoo) ennui.
Gourg, s m. du g. (gurges) grand amas d'eau.
Guilha, v. a. (argot) tromper.
Gular, s. m. (argot) sac.

H

Haboure, (fagus) jeune hêtre.
Ham, h. muette (hamus) hameçon.
Hart, s. m., nourriture, le manger.
Hasaa, s. m. du g. (phasianus) coq. hore de hasaa cantant, heure du coq chantant ; Les béarnais déterminaient les heures du jour et de la nuit de la manière suivante : prima, terce, hora, nona, vespre, noeyt, prim saum, mieye noeyt, hora de fassa cantant, hore de mayties et aube deu die.
Hasti, s. m. (fastidium) dégoût.
Hat, s. m. (fatum) destin.
Heraut, aute, adj. (ferus) sauvage.
Herum, s m (ferus) bête fauve.
Hoey, h. muette, (hodiè) aujourd'hui.
Humi, s. m. h. muette (humerus) épaule.

I

Irat, ade, adj. (iratus) irrité, colère.
Ixe, pronom dem. (iste) ce mot est pris en mauvaise part comme dans le celtin.

L

Lampade, s. f. du g. (Lampas) rayon.
Laré, s. m. (Lar) foyer.
Layrou, s. m. (Latro) voleur.
Lèp, s. m. (Lepus) lièvre.
L'hibe, v. a. (eligere) choisir.
Linsoo, s. m. (linteolum) linceul.
Luèc, adv. (de l'argot) rien.
Lupa, v. a. (de l'argot) guetter.
Lupo, s. m (argot) renard.

M

Mabe, v. a. (mòvere) mouvoir.
Mandrilhe, s. f. (argot) femme sans pudeur.
Marrou, s. m. (mas) belier.
Mascadure, s. f. du g. (masamai) excitant pour manger le pain.

Mayendou, s. m. celui qui donne le plus.
Mayourau, s. m. (major) dignitaire.
Metxe, adj (mansuetus) apprivoisé.
Moelhe, v. a (mulgere) traire.
Mourfilhe, s. f. (argot) mangeaille.
Moulhé, s. f. (mulier) épouse.
Murgete, s. f. (musculus) souris.
Museya, v. a. du g. (muaoo) serrer les lèvres, faire la moue.

N

Nau, s. f. (navis) nacelle.
Ninou, s. m. (minus) petit enfant.

O

Ops, s. m. (opus) besoin.
Ouci, v. a. (occidere) tuer.
Ounacoum, adv. (ausquam) nulle part.
Ounques, adv. (unquam) jamais.
Ouyami, s. m. (ovium pario) s'emploie pour désigner collectivement les oiseaux d'une basse-cour.

P

Panet, s. m., du bas lat. (pannus) morceau d'étoffe, lange.
Pante, s. m. (argot) paysan, dupé.
Pantoc, s. m. (peniculamentum) lambeau.
Paret, s. m. (paries) mur.
Patac, s. m. du g. (patassoo) coup.
Payère, s. f. (palea) l'idée de mesure est attachée à ce mot.
Perigla, v. n. du g. (Perikalsoo) se dit du tonnerre qui gronde.
Piade, s. f., blessure qu'on se fait à un des doigts du pied en trébuchant contre une pierre.
Pingourleya, v. a. (pingcre) scintiller.
Piula, v. n. (pipiltare) piauler.
Piulii, s. m., petit cri d'oiseau.
Pleix, s. m. (plexus) clôture d'épines ou de branches entrelacées.
Pounhica, v. a., travail manuel exécuté maladroitement.
Pouloy, s. m. (pullus) dindon.
Pousores, plu. f., l'augelus-à midi ou à l'entrée de la nuit.
Prim-saum, premier sommeil, voyez hasaa.
Proubete, s. f. (argot) farine.
Proubous, ouss, adj. (pulvereus) poudré.
Prouseya, (se) v. pron , se complaire.

Q

Querat, ade, adj. (cariosus) vermoulu.

R

Reboumbit, s. m., contre-coup.
Recapta, v. a. (capere) recueillir.
Reu, adj. (reus) défendeur, accusé.
Roupilha, v. n. (argot) dormir.

S

Sabi, impératif, du verbe ana; vicus.
Sadoura, v. a. (saturare) saturer.
Salba, v. a. (salvare) saluer.
Sape, s. f. (sapor) sève.
Sa-que tu, terme de défi, veux-tu parier que?
Sat-beye, advienne que pourra.
Senglas, (singuli) un à chacun.
Sega, v. a. (sicare) moissonner, scier.
Seube, s. f. (silva) forêt.
Sole, s. f. (solum) plante du pied.
Simpleya, v. n., être flexible.
Soule, v. n. (solere) avoir habitude.
Soubra v. n. réserver.

T

Tilhous, ouse, adj., vigoureux, flexible.
Tinentiol, adj. (argot) chanteur.
Trabete, s. f. (trabecula) poutrelle.
Trepa, v. n., treper, s'amuser.
Tute, s. f., tanière.

Y

Yas, s. m , jasse.
Yense, adj , plus beau.

Pau. — Imprimerie et Librairie TONNET, Place des Écoles (Cirque.)

LA LYRE DE LA MONTAGNE.

Il est plusieurs espèces de Chardonnerets, on les distingue ainsi qu'il suit : 1.º Le Grand-Plaine ; 2.º Le Petit-Plaine ; 3.º Le Charbonnier ; 4.º Le Grand-Montagne ; 5.º Le Petit-Montagne et 6.º Le Tindonnier.

Buffon, en parlant du Chardonneret, n'a défini que le Chardonneret commun ; il ne connaissait pas le Grand-Plaine, aussi il n'a pu connaître aucune de ses phrases, dont il avait seul la sève pour dire ce petit chef-d'œuvre de la création.

Le Grand-Plaine se rend dans les vallées de nos Pyrénées vers le mois de mai pour y faire son incubation à un certain degré de température uniforme pour tous ceux de l'espèce, aux abords des villes ou des bourgs, mais sur les chênes ou ormeaux séculaires, à une des fourches la plus élevée de l'arbre. On le distingue des autres : 1.º par la netteté de son coloris, comme on distingue ordinairement le mâle de sa femelle ; 2.º par la coupe gracieuse, la élancée de son corps, comme on distingue le canari hollandais du canari commun ; 3.º par le répertoire varié de son chant et par la pureté de sa diction, comme on distingue le rossignol de la fauvette. — Quand il descend dans nos jardins, il affecte de se percher sur un rosier pour un des rameaux s'étend en passerelle ; là, à côté de la reine des fleurs, il étale avec coquetterie la beauté de son plumage, tandis que sa tête, en autre bouton de rose, inclinée sur le groupe de ces boutons, lui révèle un bouton qui chante.

Cet oiseau, par sa coquetterie, fait le désespoir de nos amateurs, il se multiplie par les éclats de sa voix qu'on entend de loin et par sa mélodie constamment en permanence, au point qu'on dirait qu'il ne vit que pour chanter. Aussi, c'est sous la dictée d'un de ces merveilleux complices que j'ai écrit le chant suivant.

Nota. La ritournelle que donne le Piano est le prélude du chant du Chardonneret lui-même.

LE CHANT DU CHARDONNERET

Harmonie imitative
Par
J.L. LACONTRE.

Accompag.t de Piano
Par
AUBER de l'Institut.

L'ANESQUETE PERGUDE.

Chant de D'ESPOURRINS

Accomp.t de Piano Par GOUNOD, de l'Institut.

Poésies béarnaises par J.L. Lacontre.

LOUS TRIBAILHADOUS.

PRIÈRE AU CHRIST.

Solo et trio.

Harmonie par L. Czerniewski.

O christ, quand desoulade
Bedous ta natiou,
Lou too coo qui-s deglare
En plous d'amou-s fondou,
Aus homis que mandabes
Toutz coum fcays de s'ayma,
Sinou haynes et trahes
Que n'han besiatz ta-ns da.
Tu qu'implourram, saubadou tutelari,
Tu, si ploures tabé permou de nous,
Den haut deu cèu audex nouste pregari,
Say proutelya lous bous tribailhadous.

O christ, quoand deu callère
Lous vendes escarpès,
Quoand tres cops de belère
Eslenak sucombès,
Ue sublimi pregari
Murmures pens patientz,
Mes nou soun nou qu'ourbari
Tans bésiatz lous soufrentz.
Tu qu'implourram, saubadou tutelari,
Tu, si pregues tabé permou de nous,
Den haut deu Cèu audex nouste pregari,
Say proutelya lous bous tribailhadous.

O christ, quoand l'agonie
Sus la croux endures,
Per l'amou qui s'abie
Darrè souspi' ponsès,
Si per tau sacrifici
Ens dès l'egalitat,
A toutz qu'ens sirs proupici,
Nou-y-haye nat besiat.
Tu qu'implourram, saubadou tutelari,
Tu, si mouris tabé permou de nous,
Den haut deu Cèu audex nouste pregari,
Say proutelya lous bous tribailhadous.

La May de las Doulous!

Traduction en vers Béarnais en regard du texte.

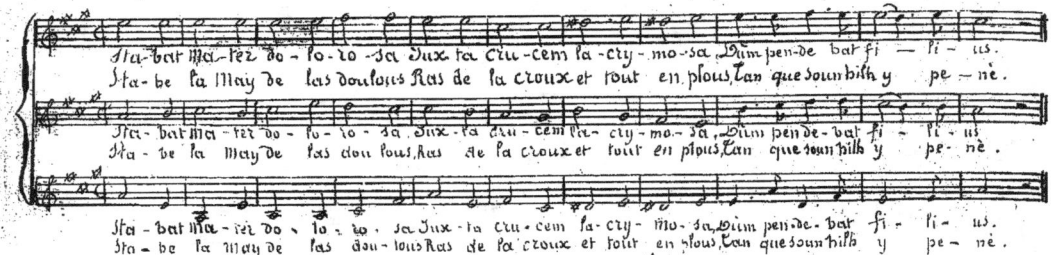

Stabat Mater dolorosa Juxta Crucem lacrymosa Dum pendebat filius.

Habe la May de las doulous Ras de la croux et tout en plous, Tan que soun hilh y pene.

Cujus animam gementem,
Contristantem et dolentem
Pertransivit gladius!

Et soun ame yemissente,
Et countristade et doulente,
Lou glabi l'a trabere!

O quam tristis et afflicta,
Fuit illa benedicta
Mater unigeniti!

Quoand de tristesse et d'afflictiou
Aquere benadite n'hou,
La May de Diu U-tienut!

Quæ mœrebat et Dolebat
Pia Mater dum videbat
Nati pœnas inclyti!

B..s co-heribe en doulenté
La praube May tant qui bedé
Lous goeys deu beroy badut.

Quis est homo qui non fleret,
Matrem Christi si videret
In tanto supplicio?

Qui ey l'homi qui nou plourere,
La May deu Christ souique en bede
Dap soun supplici mayou!

Quis non posset contristari,
Christi Matrem contemplari
Dolentem cum filio!

Qui poudere nou-s countrista,
La May Deu Christ en countempla
S'endole dap lou hilh sou?

Pro peccatis suæ gentis,
Vidit Jesum in tormentis,
Et flagellis subditum.

Teus quites pecatz de sas yens,
Biche bou Jesus dens lous turments,
Et dinqu'au layet crunbit.

Vidit suum dulcem natum
Morientem, desolatum,
Dum emisit spiritum.

Qu'ha bist soun hilh bous ayeyat,
Agounisat et deslexat,
Dinqu'a soun darré terpit.

Eia, Mater, fons amoris,
Me sentire vim doloris,
Ut tecum me lugeam.

Hey May, May hey, May houenô amou,
Hetz me senti prou de doulou,
Ta ploura dap bous, coum bous.

Fac ut ardeat cor meum
In amando Christum Deum,
Ut sibi complaceam.

Aritz moun coo, mes dinqu'au biu
Deu gran amou deu Christ moun Diu,
Tau me coumplase deyous.

Sancta Mater, istud agas,
Crucifixi fige plagas
Cordi meo valide.

Asso, May sente, asso que hetz:
Deu crucifiat lous blaus aquetz
Qu'hayi au pregoun de moun coo.

Cui nati vulnerati,
Tam dignati pro me pati,
Pœnas mecum divide.

De l'alebat boste nasci,
Tan pietadous ta you pati,
Qu'hayi en partatye lou doo.

Fac me tecum piè flere,
Crucifixo condolere,
Donec ego vixero.

Hetz me ploura beroy dap bous
Deu crucifiat eres doulous,
Tout lou temps que biberey.

Juxta crucem tecum stare,
Et me tibi sociare
In planctu desidero.

Ras de la croux esta-ns ensems,
Ensems aquiu ha-m ha tounstemps
Lou planh aquet que you bey.

Virgo virginum præclara,
Mihi jam non sis amara;
Fac me tecum plangere.

Bierye de las bieryes la flou,
Oh! nou-m sietz amare nou,
Mes dap bous hetz-me ploura.

Fac ut portem Christi mortem,
Passionis fac consortem,
Et plagas recolere.

Ctau la mourt deu Christ pourta,
De sa passion tout lou pees qu'ha,
De sas plagues lou bremba.

Fac me plagis vulnerari,
Fac me cruce inebriari,
Et cruore filii.

De tous plagues sii qledat
A d-aquete croux sii bibat
D'aquet sang sii embriagat.

Quando corpus morietur,
Fac ut animæ donetur
Paradisi gloria. Amen.

Et quoand lou corps sii mourira,
Hetz que moun ame poussesqu ame
En glori de Paradis. Atan sii.